_____ 님께

_____ 드림

글벗시선 234 이종덕 첫 번째 시조집

그리움이
꽃 필 때

이종덕 지음

도서출판 글벗

██ 시인의 말

그리움이 꽃 필 때

햇살 좋은 날
문득 가슴을 간지럽히는
바람처럼 그리움은 예고
없이 찾아옵니다.
그것은 아련한 옛사랑일 수도 있고,
지나간 시절의 따뜻한
기억일 수도 있으며,
혹은 닿을 수 없는 이상향에
대한 동경일 수도 있습니다.
이 모든 마음의 물결이
결국 삶을 더욱 풍성하게
만드는 향기로운
씨앗이라는 것을 깨닫습니다.
이 시조집은 바로 그 그리움의
씨앗을 마음에 심고
싱싱껏 피워낸 꽃입니다.
이 시조들이
독자 여러분의
마음속에서도 저마다의

빛깔로 향기를 지닌
그리움의 꽃을 피워내기를
간절히 소망합니다.
또한 시조집 그리움이 꽃필 때
나오기까지 도와주신
글벗 문학회
최봉희 회장님께 감사를
전합니다.

2025년 10월 25일

저자 이종덕

차 례

제2부 여름비와 그리움

제3부 가을에 물들다

제4부 매듭달의 단상

제5부 수석과 시의 만남

■ 서평

제1부

설렘의 봄

설렘의 봄

봄바람
불어와요
꽃바람 불어와요

훈풍에
방긋 웃는
고운 꽃 보이나요

그대의
숨결 가득한
꽃향기 취하는 봄

설중매

살을 에는
추위의
아픔을 이겨내고

희망의
꽃눈 틔워
봉오리 봉긋 솟아

눈 속에
피어나는 꽃
꽃 중에 으뜸이라

홍매화

화르르 피어나는
홍매화 붉은 순정

그 어떤 시련에도
굴하지 아니하고

고결히
피어난 자태
눈부시게 고와라

더디 오는 봄

봄인 것 같은데도
봄 같지 않은 날씨

꽃들도 언제 필지
마음만 우왕좌왕

유난히
더디 오는 봄
기다림에 속탄다

봄봄

봄바람 싱숭생숭
꽃잎에 불어오면

봄 처녀 가슴 속에
꽃바람 살랑이고

매화꽃
향기 진하여
어지러운 꽃멀미

봄비

기나긴
겨울날에
참았던 그리움이

춘삼월
농익어서
울음을 터트리니

촉촉한
봄 편지에는
시어들로 꽃 피네

산수유

햇살에
온도 높여
물오른 나뭇가지

동장군
떼를 써도
봄날은 슬금슬금

산수유
영원한 사랑
몽글몽글 피우네

꽃다지

노랑꽃
아지랑이
밭이랑 피어나는

하찮은
풀꽃이라
관심도 없지마는

봄꽃 중
이름이 예쁜
냉이 닮은 꽃다지

봄비

톡톡톡
열리는 봄
꿈꿔온 무지갯빛

봄바람
꽃바람에
꽃잎은 피어나고

흘리는
감동의 눈물
그대가 꽃이라네

제비꽃

여기를
봐주세요
관심을 가지고서

당신의
사랑으로
앉아서 봐주시면

보랏빛
작은 꽃송이
향기롭게 피어요

하얀 목련

기억의 저 너머에
그리움 찾아오면

봄 햇살 눈 부셔서
피어난 하얀 목련

당신만
사랑한다는
머언 날의 그 약속

벚꽃 구경

또르르 빗물 방울
꽃잎에 맺히는 정
수많은 날 기다려
맞이한 설렘 가득
가지에
팡 팡팡 터진
하이얀 벚꽃 송이

새벽을 깨워서 온
눈부신 고운 꽃길
그대와 함께하니
새하얀 우산 아래
우리의
향기론 사랑
불빛에 익어가네

봄날의 하루

황톳길 먼지 풀풀
달려온 새 봄날에

복사꽃 피어나는
추억의 언덕에서

너와 나
무릉도원은
일장춘몽이라네

영산홍

벗꽃잎 화사하게
피었다 흩날릴 때

첫사랑 설렘 가득
당신을 만난 듯이

영산홍
진한 향기에
가슴이 두근두근

선물

쉼 없이
흘러가는
봄날의 하루하루

꽃길을
걷노라면
들리는 속삭임들

너와 나
마음 한가득
꽃물이 스며드네

꽃비

시 석향 이정덕
손글씨 이 양희

바스락거리는 가슴에
꽃비가 내린다

몽롱하게 빛나던
새하얀 꽃잎의 군무에
떠오르는 지난 추억

달콤했던 시간
행복했던 시간
함께 했던 봄날의 하루

꽃무리 가득
그리움이 비에 젖어
꽃비만 내린다
하염없이

꽃비

바스락 소리 나는
가슴에 비 내린다

새하얀 벚꽃잎의
낙화에 가는 청춘

추억만
비에 젖어서
눈꽃처럼 날린다

영산홍 연가

벗꽃잎 속절없이
추억에 흩날리고
연산홍 붉게 피어
흐놀다 가는 봄날
실없는
약속이라도
해준다면 좋겠네

영산홍 진한 향기
바람에 실려오면
잊었던 그대 기억
되살아 피어나서
영산홍
꽃송이마다
그대 얼굴 보이네

우수

절기상
우수 날에
봄비는 아니 오고

겨울이
시샘하여
동장군 데려와도

오는 봄
막을 수 없어
괜한 심술 부리네

바람꽃

그대를
기다리다
울다가 지쳐 잠든

허기진
그리움이
소금꽃 피워놓고

바람에
뒤돌아보는
그대만의 바라기

일장춘몽

흰 구름 흘러가는
수많은 인파 속에
꽃잎은 하롱하롱
꽃비로 흩날리니
어제의
꿈같은 사랑
오늘은 이별이네

한바탕 사랑놀이
꽃불로 타오르고
빌딩 숲 지는 노을
꿈같이 스러져서
도시의
길모퉁이에
허무가 드리운다

제2부

여름비와 그리움

장미의 청혼

푸르름
짙어 가는
오월의 어느 날에

담장에
걸어놓은
새빨간 덩굴장미

그대의
사랑 고백에
두근두근 설레네

애기똥풀

길섶의
빈터마다
노란 꽃 피워놓고

해맑은
미소로서
오가는 길 반기니

꽃지고
서러운 봄날
너로 하여 환하다

이팝나무

길가에
이팝나무
하얗게 꽃피우면

그리운
어머니의
칼국수 생각이나

언제나
가슴 가득히
사랑으로 꽃 피네

망초꽃

이슬 눈물
머문 자리
가꾸지 아나해도

그리운
들꽃으로
말갛게 피어나서

빈터의
묵은 외로움
하얗게 덮어주네

양귀비 사랑

저무는
하늘 가에
석양은 아름답고

양귀비
살랑대니
마음은 설렘 가득

고혹적
너의 모습에
꿈꾸듯이 머무네

감자꽃

오뉴월
뙤약볕에
하얗게 핀 감자꽃

어릴 적
주로 먹던
소중한 간식거리

아가야
감자 먹어라
어머니의 목소리

그리움

묵은 터 어디에나
지천으로 피어나서

해마다 여름이면
망초꽃 하얀 들녘

등 굽은
진한 그리움
별이 되어 내리네

여름비와 그리움

지붕을 두드리는
요란한 빗소리에
폭염은 약해지고
서서히 오는 가을
내리는
빗방울마다
그리움이 흐르네

창가에 부서지면
부르는 그대 이름
어깨를 기대었던
온기가 아려와서
맺히는
눈물방울도
그대 향해 흐르네

접시꽃

임께서
가신 길에
접시꽃 피었네요

아픔의
날들에도
희망을 잃지 않던

그 마음
빨간 꽃잎에
기쁨 주려 피었네

수레국화

보랏빛
꽃수레에
실려온 여름 향기

몽환적
꽃물결에
첫아온 그대 사랑

행복의
꽃수레 타고
사랑 여행 떠나요

능소화 연가

보고 싶어 나직이
부르는 그대 이름
그 이름 불러주면
내게로 와주실까
그리워
보고 싶어도
볼 수 없는 그대여

소나기 내리는 날
가슴에 새긴 사랑
그리움 붉디붉어
말없이 흘러가는
저 강물
말라 버리면
그대가 잊혀질까

호박꽃

땡볕에 노란 웃음
넝쿨에 피어올라

한여름밤 짧은 꿈
벌하나 왔다 가니

둥그런
애호박 하나
탐스럽게 달리네

여름 나기

더워도 너무 더워
꽃들도 녹아들고

사람도 문밖으로
나가기 힘이 들어

에어컨
켜지 않고는
견딜 수가 없다네

맨드라미 사랑

타오른 불꽃처럼
피어난 진한 사랑

붉게 핀 맨드라미
임 향한 너의 마음

뜨거운
여름 땡볕에
더욱더 선명하네

찔레꽃

산 넘고 물을 건너
달려온 고향 산천
허기진 보릿고개
가시에 찔린상처
지나간
어린 시절의
추억 속에 이야기

논두렁 밭두렁에
하얗게 피어나면
찔레꽃 향기 속에
주름진 당신 모습
오월에
푸르른 날의
행복했던 옛 기억

채송화

흰 구름 두리둥실
바람에 흘러가고

키 작은 붉은 꽃잎
첫사랑 그 소녀의

홍조 띤
볼우물 얼굴
또렷하게 보이네

봉선화

여름날 고운 꽃물
손톱에 물들이는
소녀들 설렌 마음
까르르 웃음소리
정겨운
여름날 추억
수채화를 그리네

여름

밤꽃의
향기 속에
장미는 흥건하게

낙화를
시작하고
남겨논 뜨거움만

담장을
타고 넘어와
안방을 차지하네

재인폭포 시화전

야생화
꽃길 따라
시향이 피어나고

거니는
둘레길에
글 꽃이 피어나니

보는 이
마음의 밭에
시어 하나 움튼다

칠월칠석날에

그리움
허기지고
기다림 지쳐가니

애절한
당신과 나
칠석날 만날까나

오작교
다리를 놓아
우리 사랑 이루리

제3부

가을에 물들다

가을의 문턱에서

가을의 시작 입추
뜨거운 태양 아래
여름은 절정 향해
쉼 없이 달리지만
어느덧
바람 끝에서
시원함을 느끼네

밤이면 귀뚜라미
울음은 정겨우니
하늘은 높아가며
푸른빛 머금었네
기다린
싱ㄱ런 세절
가슴 뛰는 가을아

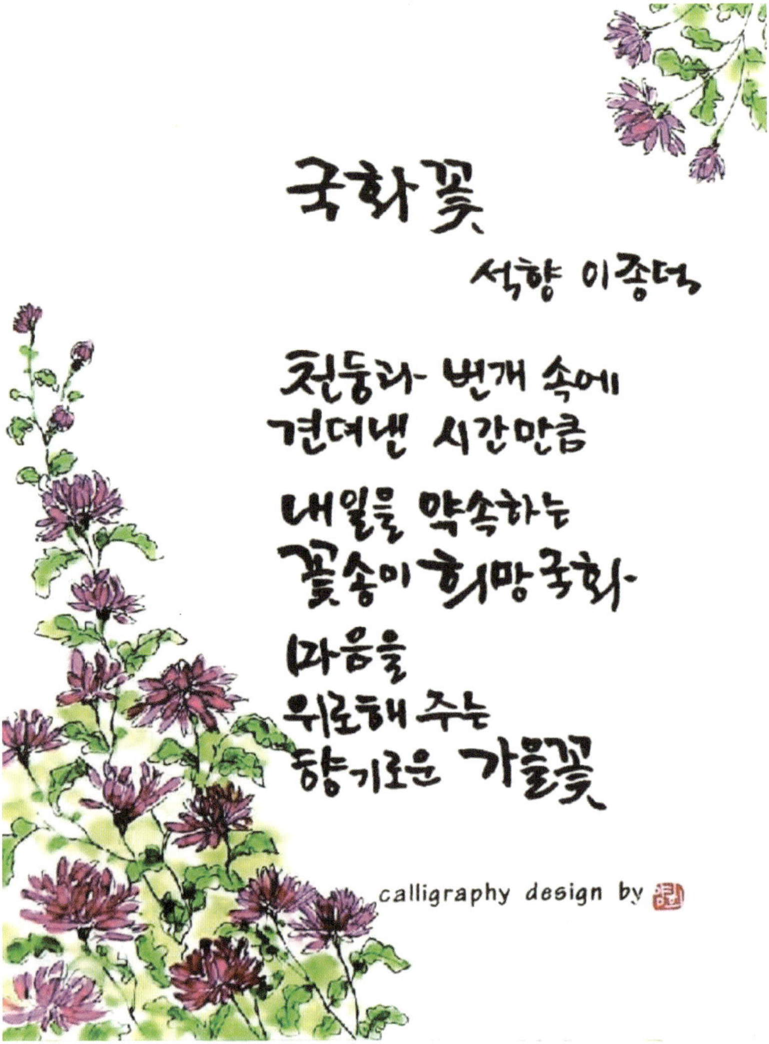

국화꽃

석향 이종덕

천둥과 번개 속에
견뎌낸 시간만큼

내일을 약속하는
꽃송이 희망국화

마음을
위로해 주는
향기로운 가을꽃

calligraphy design by

국화꽃

– 시조 석향 이종덕, 손글씨 도담 이양희

천둥과 번개 속에
견뎌낸 시간만큼

내일을 약속하는
꽃송이 희망 국화

마음을
위로해 주는
향기로운 가을꽃

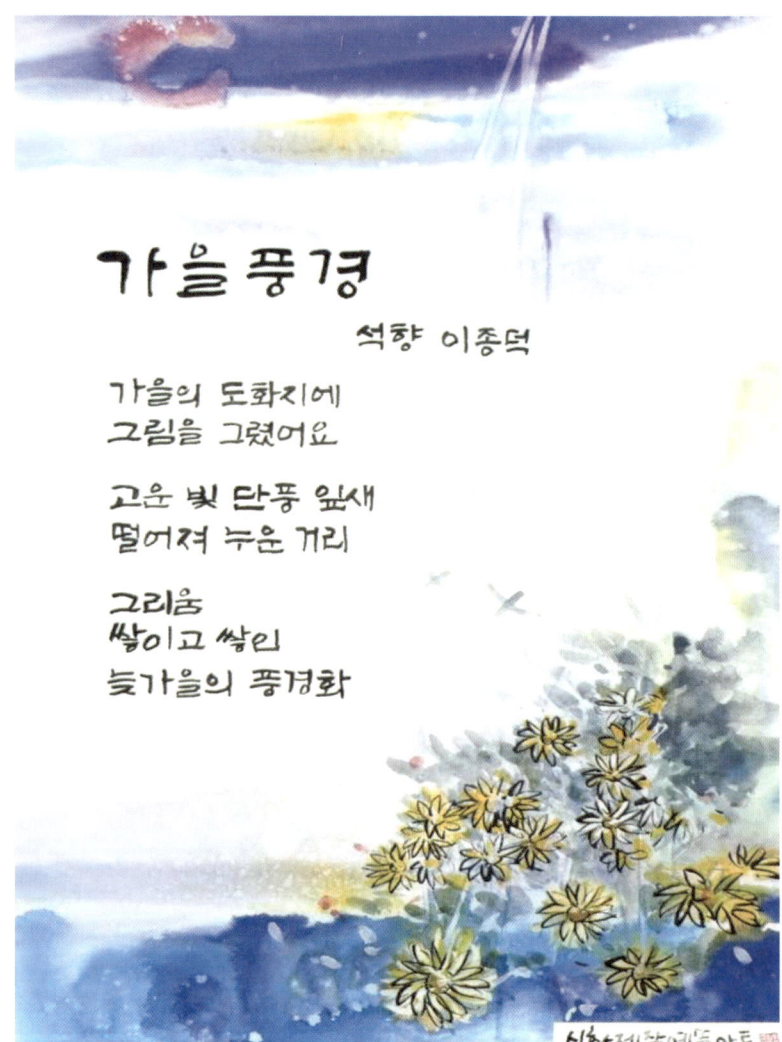

가을풍경

석향 이종덕

가을의 도화지에
그림을 그렸어요

고운 빛 단풍 잎새
떨어져 누운 거리

그리움
쌓이고 쌓인
늦가을의 풍경화

가을 풍경

가을의 도화지에
그림을 그렸어요

고운 빛 단풍 잎새
떨어져 누운 거리

그리움
쌓이고 쌓인
늦가을의 풍경화 .

맥문동

바람의
한 자락에
가을의 속삭임이

작은 풀잎
사이로
배어든 옹이 하나

그리움
가슴에 묻고
아롱지게 피었네

노랫소리

어둠이 내려앉은
창가에 들려오는
귀뚜리 노랫소리
찌르르 찌르르르
고단한
하루의 삶을
위로하여 주어요

별들이 빛나는 밤
들리는 노랫소리
그대여 숨죽이고
귀 기울여 보아요
달콤한
사랑의 노래
들리는 것 같아요

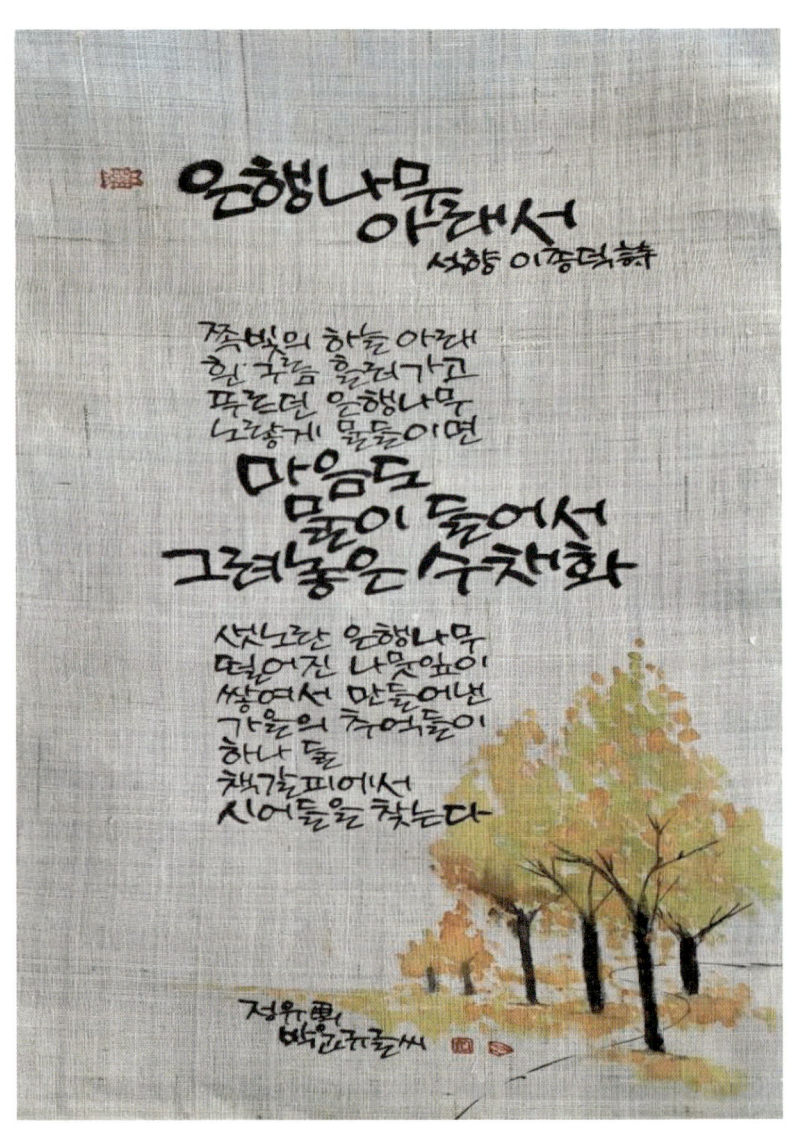

은행나무 아래서

서향 이종덕 詩

쪽빛의 하늘 아래
흰 구름 흘러가고
푸르던 은행나무
노랗게 물들이면

마음도
물이 들어서
그려놓은 수채화

샛노란 은행나무
떨어진 나뭇잎이
쌓여서 만들어낸
가을의 추억들이
하나 둘
책갈피에서
시어들을 찾는다

정유년
박애리글씨

은행나무 아래서

- 시조 석향 이종덕, 손글씨 박윤규

쪽빛의 하늘 아래
흰 구름 흘러가고
푸르던 은행나무
노랗게 물들이면
마음도
물이 들어서
그려놓은 수채화

샛노란 은행나무
떨어진 나뭇잎이
쌓여서 만들어낸
가을의 추억들이
하나둘
책갈피에시
시어들을 찾는다

천일홍 꽃밭에서

드넓은 꽃 마당에
둥글둥글 몽글몽글
아련히 물들어서
기쁨 주는 천일홍꽃
꽃처럼
은은한 사랑
하나 가득 피었네

도심 속 나리공원
꽃밭에 피는 사랑
색 고운 모습처럼
꿈같은 가을날에
영원히
변하지 않는
사랑이게 하소서

핑크뮬리

그대는 어디에서
살며시 오셨나요

그리움 매듭 엮어
꽃차례 몽환적인

핑크빛
사랑 물드는
가을날의 속삭임

당신의 사과

찬 서리 내린 아침
햇살에 반짝이며
사과가 익어가니
만감이 교차한다
아롱진 눈물 골짜기
고단했던 그 시간

사과꽃 필 때부터
흘려온 피땀 눈물
알차게 주렁주렁
노랗고 새빨갛게
당신의 웃음 물들어
새콤달콤 번지네

산국

오솔길 모퉁이에
산국이 피었네요

작지만 향이 진해
향기에 취하네요

봄부터
인내한 아픔
꽃향기로 말해요

가을에 물들어

지새운 그리움에
붉어진 단풍 잎새
봄부터 품은 마음
햇살에 눈부시다
청춘의
풋풋한 사랑
가을빛에 진 노을

한적한 오솔길에
떨어진 잎새 하나
책갈피에 넣어두면
바람이 전해주네
가을의
뜨거운 밀어
행복 미소 번진다

단풍

찬 서리 입맞춤에
붉어진 이내 마음

행여나 그대 볼까
숨겨온 속마음을

이제는
숨길 수 없어
단풍꽃을 피우네

들국화 여인

단풍이 물든 가을
비바람 천둥번개
인내한 수고로움
들국화로 피었네
수수한 여인의 향기
곱게 곱게 전하네

가냘픈 꽃잎 송이
바람에 나부끼며
오롯이 님을 향한
변하지 않는 마음
단아한 사랑의 향기
이내 마음 흔드네

설악초

박물관 가는 길섶
한겨울 눈꽃같이
새하얀 잎새 위에
있는 듯 없는 듯이
피어서 님 오시는 길
눈부시게 밝히네

오는 님 마음처럼
순수함 닮았는가
잎새와 꽃송이가
새하얀 꽃길이라
시 한 수 운율 가락에
웃음꽃을 피우네

한가위

휘영청 둥근달이
앞서거니 뒤서거니
따라와 불 밝히고
그리운 부모 형제
한 상에
들러 앉아서
이야기꽃 피우네

아이나 어른이나
정성껏 송편 빚어
차례상 준비하며
흥겨워 하하 호호
소박한
선물 풀어서
따뜻한 정 나누네

가을이 오네요

아침의 시원함에
나팔꽃 나팔불고

저녁에 귀뚜라미
부르는 사랑 노래

가을이
오는 소식에
단풍 꽃을 피워요

가을 잎새

이종덕

쓰련다
편지 한 장
당신께 닿지 못하는
투명한 하늘가에
바람에 몸이 되어
물들이면
이 퍼런 가을
벗나무 고운 빛

혜송김영섭 붓

사진이종덕

가을 편지

– 시조 석향 이종덕, 손글씨 려송 김영섭

벗나무
이파리가
노랗게 물들이면

바람이
붓이 되어
투명한 하늘빛에

당신께
닿지 못하는
편지 한 장 씁니다

백로

밤새워 뒤척였던
여름의 기억들이

이슬점 맞이해서
고요히 젖어들어

이별의
의식을 치른
가을 아침 흰 눈물

가을 편지

살살이꽃
향기에
묻어온 가을날은

수채화
그려놓은
연분홍 꽃 편지지

그 위에
적어 보내는
정겨움의 이야기

모닝콜

이슬로 세수하고
흰 마음 파란 마음

둘이서 하나 되는
정겨운 속삭임에

다정한
아침의 인사
기쁨으로 가득해

제4부

매듭달의 단상

첫눈

새벽에
살짝 내려
소복이 쌓이는 눈

새하얀
눈꽃 송이
춤추며 하늘하늘

산과 들
순백의 눈이
하얀 세상 만드네

눈꽃

헐벗은
나뭇가지
당신의 은총으로

새하얀
옷을 입고
눈부신 생명으로

거듭난
축복의 하루
눈꽃으로 피었네

폭설

설렘과
기다림의
들뜨던 마음들이

낭만을
누리기 전
전해진 소식들로

졸지에
무너진 마음
달랠 길이 없어라

매듭달의 단상

마지막 잎새처럼
십이월 달력 한 장
세월의 무상함에
허전함 몰려와도
한 달이 남아 있음에
감사함을 드리네

잘한 일 잘못한 일
회한이 남지만은
덤으로 사는 인생
용서와 사랑으로
따뜻한 정을 나누는
웃음꽃을 피우리

서리꽃

문풍지
울어대는
매서운 바람 소리

시리고
아픈 계절
밤새워 뒤척이던

등 굽은
하얀 그리움
서리꽃을 피웠네

동백꽃 사연

이종덕

그리움 애달파서
피어난 붉은 꽃잎
꽃잎에 맺힌 사연
그 누가 알아줄까
해안가 바닷의 언덕
곱게곱게 물드네

사랑이 병이 되어
기다림 세월만큼
새빨간 꽃맠 사연
그 누가 알아줄까
피보다 붉은 순정은
어느 님 넋이런가.

동백꽃 사연

그리움 애달파서
피어난 붉은 꽃잎
꽃잎에 맺힌 사연
그 누가 알아줄까
해안가 바람의 언덕
곱게곱게 물드네

사랑이 병이 되어
기다린 세월만큼
새빨간 꽃잎 사연
그 누가 알아줄까
피보다 붉은 순정은
어느 님 넋이런가

동백꽃

차가운 겨울에만
꽃으로 피는 동백
그리움 차올라서
붉어진 꽃봉오리
함박눈
내리는 날에
옷고름을 풀었네

동백꽃 피는 사연
애틋한 그 사랑을
가슴에 묻어두고
임 향한 그리움에
남몰래
피우는 순정
붉게 붉게 물드네

하얀 동백

겹겹이
간직했던
순결한 마음 모아

열열한
사랑으로
꽃피운 하얀 동백

수줍어
핑크빛으로
볼우물이 물드네

한파

봄날 같던 소한이
지나고 뒷북 치듯
찾아온 강추위에
산도 강도 얼었다
마음도
꽁꽁 얼어서
따뜻함이 그립네

예상 못 한 한파에
정치도 꽁꽁 얼고
경제도 꽁꽁 얼어
겨울나기 힘들다
따뜻한
우리의 봄날
어서 속히 오기를

백야

가로등
불빛 아래
쉼 없이 눈 내리고

눈 위에
남아 있던
발자국 지워버려

아무도
찾는이 없는
하얀 밤이 외롭다

혼돈의 시대

이종덕

포근한 새날 오후
행복한 나들잇길
삽교호 관광단지
국화꽃을 보았네
한겨울 바닷가에서
떨고있는 국화꽃

계절이 가을인 듯
착각한 것이런가
피고서 지는 것을
망각한 것이런가
애통한 혼돈의 시대
꽃들도 어지럽다

혼돈의 시대

포근한 새날 오후
행복한 나들이길
삽교호 관광단지
국화꽃을 보았네
한겨울 바닷가에서
떨고있는 국화꽃

계절이 가을인 듯
착각한 것이런가
피고서 지는 것을
망각한 것이런가
애통한 혼돈의 시대
꽃들도 어지럽다.

겨울의 재인폭포

힘차게
한여울로
흐르던 재인폭포

소한의
강추위에
폭포는 꽁꽁 얼어

알싸한
겨울의 풍경
화폭에다 담았네

동짓날

꽃 피는
그리움은
휘영청 달이 되어

동산에
떠오르고
팥죽의 새알심에

어머니
정성이 가득
눈시울이 붉어라

한 해를 보내며

당신의
축복으로
살아온 하루하루

모여서
일 년이란
한 해가 저뭅니다

갑진년
잘 살았으니
감사 기도드리네

해맞이

산등성 희미하게
성스런 붉은 기운
어둠을 살라 먹고
태양이 떠올라서
희망찬 새해의 아침
눈부시게 밝히네

솟아라 붉은 해야
어두운 방방곡곡
액운을 물리치고
힘차게 솟아올라
새해에 우리의 소망
이뤄지게 하소서

설날

꿈속에 그려보는
아득한 고향 산천

때때옷 갈아입고
신이나 동네방네

세배에
복 담긴 용돈
채워지는 주머니

즐거운 팽이치기
신나는 썰매 타기

창호지 대나무로
방패연 만들어서

새해의
소망을 담아
하늘 높이 날린다

동백꽃(2)

멀리서 바라보다
꽃이 된 사랑이여
붉은 꽃잎 피우면
그대 마음 닿을까
지쳐서
멍든 그리움
피워놓은 꽃송이

기다린 긴긴 날들
행여나 그대 올까
온 마음 다하여서
피우다 피우다가
떨구는
분분한 낙화
아름답게 물드네

갈증

냉수를
한 사발씩
마시고 마시어도

갈증은
해결되지
않고서 더해가고

옹이진
그리움처럼
겨울밤이 길구나.

고향 산천

꿈속에
그려지는
아늑한 고향산천

어릴 적
추억들이
별처럼 반짝여서

언제나
찾아가고픈
님에 품 속 이어라

그대라는 꽃

비바람 흔들리고
꺾여도 꽃은 피고
아픔이 많을수록
상처가 깊을수록
어렵게
피어난 꽃은
향기롭고 고와라

힘들어 지칠 때나
괴롭고 슬플 때나
꽃 보면 우울했던
마음이 환해지고
꽃 보듯
웃음이 나는
나의 꽃인 그대라

제5부

수석과 시의 만남

110_ 그리움이 꽃 필 때

그 섬에 가고 싶다

수평선 아스라이
남해의 외로운 섬

갈매기 날아들고
흰 파도 부서져서

물보라
아름다운 곳
그대와 함께라면

세월

그 누가
가는 세월
잡을 수 있을까나

시위를
떠난 화산
쏜살같이 날아가고

어느새
머리 서리꽃
얼굴은 주름 가득

임진강 노을

동이리
주상절리
푸르른 강물 보니

하늘과
물이 만나
한 폭의 그림이라

그리움
강물에 풀고
노을빛에 젖는다

흑국화

임진강
굽이굽이
깨지고 모가 난 곳

구르고
수마 되어
점점이 수를 놓아

인내한
억겁의 세월
흑국화로 피었네

118_ 그리움이 꽃 필 때

장미의 계절

눈부신
신록 세상
담장에 자리 잡고

꽃피운
너의 모습
햇살에 더욱 붉어

마음도
따라 물들어
너와 함께 붉어요

움트는 꿈

핑크빛 설렘으로
희망의 빛을 타고

고운 임 마음 밭에
사랑꽃 심어놓고

행복한
꿈속에 여행
꽃길 따라 떠나요

122_ 그리움이 꽃 필 때

나무처럼

살다 보면
눈보라에
가슴이 시려오고

바람에
가지 꺾여
아프기도 하지만

묵묵히
견디어내는
한 그루 나무처럼

어릿광대

빨간 코
흰 분칠에
우스운 어릿광대

하루가
힘이 들고
고난의 삶이어도

웃음을
잃지 않고서
분장하고 살아요

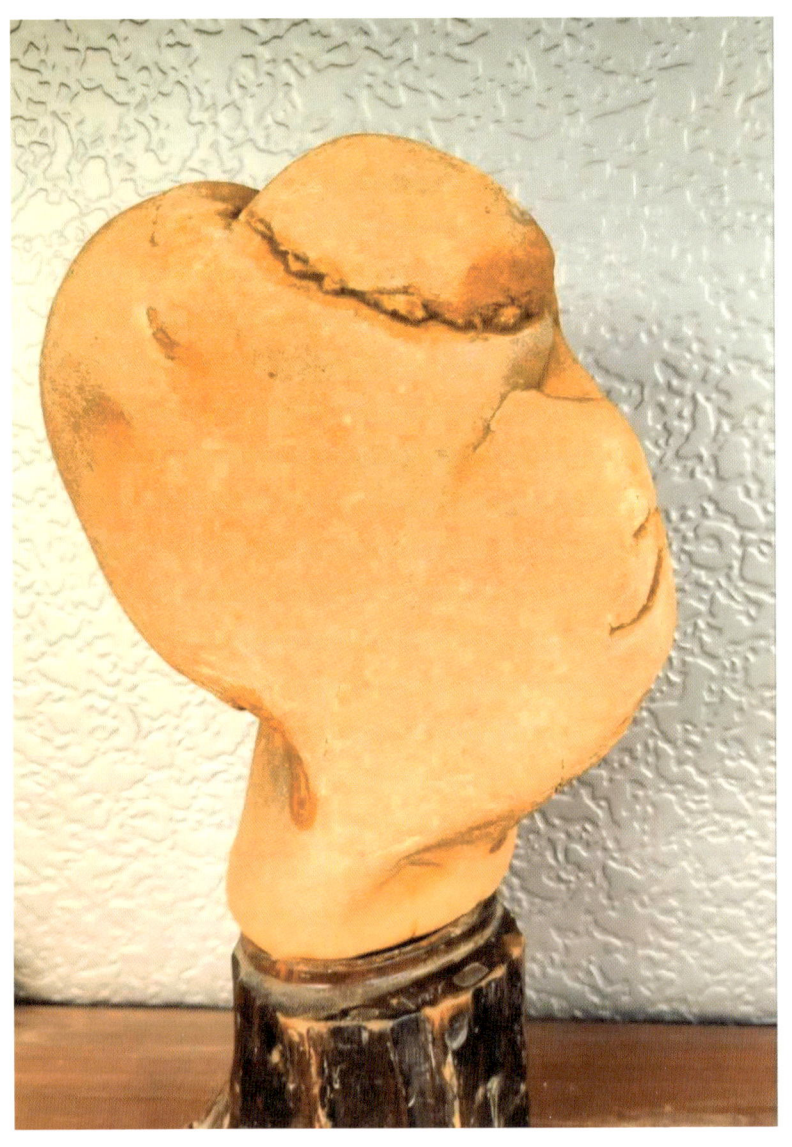

호박 아씨

임진강 호박 아씨
가마솥더위에도

개망초 꽃길 따라
곱게도 단장하고

머리에
족두리 쓰고
나들잇길 나서네

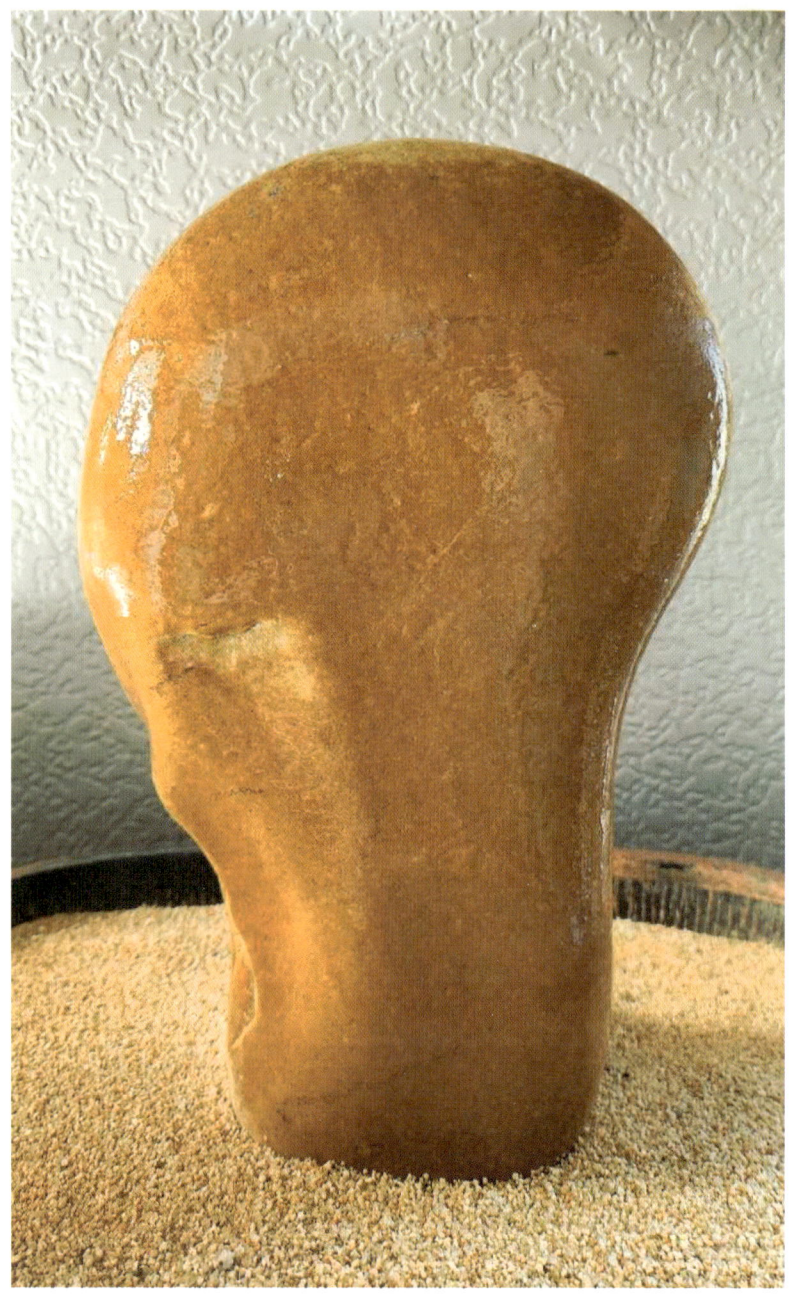

128_ 그리움이 꽃 필 때

꿈꾸듯이

꿈꾸듯
그대 향한
마음은 늘 그리움

꽃 보듯
설렘 가득
눈 감고 그려보는

그대의
고운 얼굴이
눈에 아른거려요

꽃 편지

추위를
견디어낸
작은 꽃 망울마다

그리운
사연 적어
바람에 실려서 온

그대의
꽃 편지에는
사랑 향기 나네요

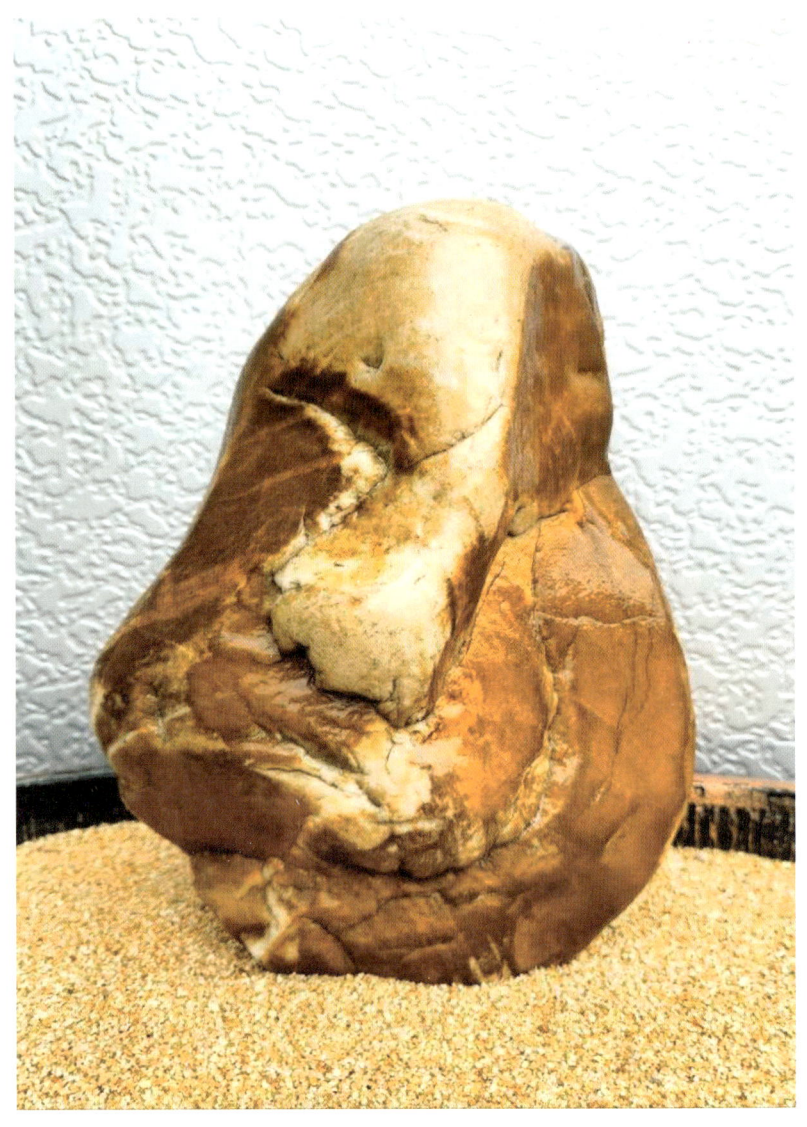

자화상

거울 속
일그러진
모습의 얼굴 하나

바라보는
표정이
낯설게 느껴진다

세파에
시달린 흔적
주름만이 깊어라

유구무언

하고 싶은
말 많아도
말하지 못한 마음

옛날이나
지금이나
변한 건 시대일 뿐

언제나
똑같은 현실
입 다물고 살라네

고향집

앞마당
고염나무
둥근달 떠오르면

달 속에
그려지는
그리운 임의 얼굴

불러도
대답이 없어
메아리만 애닯네

138_ 그리움이 꽃 필 때

난초

세속에
오염되지
않고서 이슬로만

한 송이
꽃피우는
순결한 꽃봉오리

하늘을
올려다봐도
부끄러움 없구나

강가에서

초점이
흐린 듯이
뿌옇게 감아도는

태곳적
신비로운
아침의 강가에서

선명한
얼굴 하나가
마알갛게 웃는다

142_ 그리움이 꽃 필 때

연리지

봄바람 스쳐 가는
모퉁이 먼 길 돌아

어렵게 만났으니
잡은 손 놓지 말고

정답게
한 몸 되어서
행복하게 살아요

144_ 그리움이 꽃 필 때

만사형통

물살에 뚫리었나
용암의 흔적인가

막힘없이 시원하게
관통이 되었으니

세상사
모든 일들이
만사형통하구나

행복 미소

지긋이 감은 눈에
세상의 근심 걱정

중생의 업보에서
벗어난 자유로움

인상이
자애로워서
행복미소 번지네

웃으며 살아요

세월이 유수같이
빠르게 지나가고

서리꽃 하얗게 핀
흰머리 늘어가도

고단한
삶의 무게를
내려놓고 웃어요

꽃과 수석 속에서 찾은 그리움과 사랑의 미학

– 이종덕 첫 번째 시조집 『그리움이 꽃 필 때』

최봉희(시조시인, 평론가, 글벗 편집주간)

이종덕 시인의 첫 번째 시조집이 상재되었다. 자연 속에서 자아를 찾는 물아일체의 삶을 그린 시조집이다.

이종덕 시인은 수석(壽石)을 수집하는 수석 전문가다. 시 속에 꽃과 자연을 노래한 그의 시적 형상화가 돋보이는 그의 첫 시조집 『그리움이 꽃 필 때』는 특별하다.

한 마디로 꽃과 수석 등, 자연 속에서 찾은 그리움과 사랑을 노래한 첫 시조집이다. 자연에 근거한 삶 속에서 나를 바라보는 성찰과 그리움과 사랑을 적은 시조집이다.

> 그리움 애달파서
> 피어난 붉은 꽃잎
> 꽃잎에 맺힌 사연
> 그 누가 알아줄까
> 해안가 바람의 언덕
> 곱게곱게 물드네
>
> 사랑이 병이 되어

기다린 세월만큼
　새빨간 꽃잎 사연
　그 누가 알아줄까
　피보다 붉은 순정은
　어느 님 넋이런가
　- 시조 「동백꽃 연가」 전문

　햇살 좋은 날에 문득 가슴을 간지럽히는 바람이 분다. 바
로 그리움이다. 그리움은 예고 없이 찾아온다. 그것은 아련
한 옛사랑일 수도 있고, 지나간 시절의 따뜻한 추억일 수
도 있다. 혹은 닿을 수 없는 이상향에 대한 동경일 수도
있다. 이 모든 그리움의 물결이 결국 시인의 삶을 더욱 풍
성하게 만드는 향기로운 씨앗인 셈이다.
　이종덕 시인의 첫 시조집은 바로 그 그리움의 씨앗을 마
음에 심고 정성껏 피워낸 꽃이다.

　기나긴
　겨울날에
　잠았던 그리움이

　춘삼월
　농익어서
　울음을 터트리니

　촉촉한
　봄 편지에는

시어들로 꽃 피네
　　－ 시조 「봄비」 전문

　그의 그리움은 인내와 꽃 울음을 통해 마침내 시어로 가득한 봄 편지로 귀결된다. 그리움은 풀꽃으로 피어나고 사랑으로 꽃이 핀다. 그 그리움은 인내와 변화와 기다림의 인식이라고 볼 수 있다.

　　기억의 저 너머에
　　그리움 찾아오면

　　봄 햇살 눈 부셔서
　　피어난 하얀 목련

　　당신만
　　사랑한다는
　　머언 날의 그 약속
　　－ 시조 「목련」 전문

　시조 「목련」에 나타난 그리움은 다시 피어나는 약속이다. 목련은 봄의 첫 페이지를 여는 전령사다. 차가운 겨울바람을 이기고 따스한 봄볕을 머금은 꽃잎들이 조용히 세상을 밝힌다. 그 모습이 마치 긴 기다림의 끝에 찾아온 사랑의 약속인 셈이다. 하얀 목련은 순결하고 우아하며 고귀한 사랑을 꽃피우겠다고 약속하는 듯하다.

묵은 터 어디에나
지천으로 피어나서

해마다 여름이면
망초꽃 하얀 들녘

등 굽은
진한 그리움
별이 되어 내리네
— 시조 「그리움」전문

시인은 망초꽃에서 진한 그리움을 읽는다. 별꽃처럼 내리는 봄망초가 분명하다. 순백의 꽃잎은 어쩌면 오랫동안 품어온 그리움인 것이다. 등을 꼿꼿하게 세우지 못했던 그리움은 입을 열지 못했던 그리움이다. 마음속에 숨겨두었던 감정들이 꽃으로 피어나고 별이 되어 피는 것이다.

그대를 기다리다
울나가 시쳐 삼는

허기진 그리움이
소금꽃 피워놓고

바람에 뉘돌아보는
그대만의 바라기
— 시 「바람꽃」전문

사랑하는 이를 기다리다가 울다가 지친 허기진 그리움은 소금꽃을 피워놓았다. 오롯이 그대만을 바라보는 바라기로 사는 오롯이 기다리는 그리움이다.

> 바람의 한 자락에
> 가을의 속삭임이
>
> 작은 풀잎 사이로
> 배어든 옹이 하나
>
> 그리움 가슴에 묻고
> 아롱지게 피었네
> － 시조 「맥문동」 전문

  자연 속에서 찾은 꽃에서 인생의 순리를 찾는 사랑의 시다. 꽃은 그리움으로 내용을 삼는 상징이자 희망이고 행복이다. 꽃 속에 찾는 그리움과 사랑, 그 지혜가 안온하다. 이는 존재의 근거가 자연의 꽃 속에서 이루어지기 때문에 자연은 곧 모태의 심상이다. 여기서 자화상을 엮어가는 추억은 곧 자기 삶의 역사로 뜻을 만들게 된다. 시인의 발상이 독특하다.

> 가을의 도화지에
> 그림을 그렸어요

고운 빛 단풍 잎새
떨어져 누운 거리

그리움 쌓이고 쌓인
늦가을의 풍경화
 – 시조 「가을 풍경」 전문

 자연의 변화에 따른 풍경화는 즐거움과 아픔과 슬픔까지
도 추억 속에서 그리움으로 세월을 엮어간다. 그래서 자연
의 빗방울은 시인의 노래가 되고 가슴에 젖는 눈물이 된
다.

지붕을 두드리는
요란한 빗소리에
폭염은 약해지고
서서히 오는 가을
내리는 빗방울마다
그리움이 흐르네

창가에 부서지면
부르는 그대 이름
어깨를 기대었던
온기가 아려와서
맺히는 눈물방울도
그대 향해 흐르네
 – 시조 「여름비와 그리움」 전문

현재의 실상과 시간과 정서의 원류를 따라가 보면 그리움
의 정서를 형상화한 시법은 한 폭의 그림을 감상하는 듯하
다. 그 정경이 그의 내면세계에서 분출되어 시조라는 정형
미학으로 펼쳐짐을 볼 수 있다. 어쩌면 현재의 시간과 미
래의 시간에서도 그리움은 영원성의 이미지를 담고 꽃 속
에 피어 있는지도 모른다.

보고 싶어 나직이
부르는 그대 이름
그 이름 불러주면
내게로 와주실까
그리워 보고 싶어도
볼 수 없는 그대여

소나기 내리는 날
가슴에 새긴 사랑
그리움 붉디붉어
말없이 흘러가는
저 강물 말라 버리면
그대가 잊혀질까
– 시조 「능소화 연가」 전문

그리움은 열정(熱情)이고 집중(集中)이다. 시인은 수석
전문가이기도 하지만 야생화 꽃에 대한 열정이 가득하다.
이를 사진에 담아서 디카시조로 표현하는 경우가 종종 있

었다. 시조를 쓰는 열정과 집중을 통해서 압축과 절제라는 시조의 미학을 추구한다. 사실 하찮은 것이라도 몰입하여 꽃으로 투사(投射)할 때라야 그리움이 성취되는 기쁨이 있고 행복으로 전환한다.

　　그대는 어디에서
　　살며시 오셨나요

　　그리움 매듭 엮어
　　꽃차례 몽환직인

　　핑크빛
　　사랑 물드는
　　가을날의 속삭임
　　－ 시조 「핑크뮬리」 전문

　이종덕 시인은 진지함, 애정과 열정으로 섬세하게 사물을 바라본다. 그 눈빛은 따스하다. 이는 그의 삶의 자세이고 시조를 쓰는 미학과 연관된다. 그렇게 그리움은 단련된 의미로 갖는다.

　　그리움 허기지고
　　기다림 지쳐가니

　　애절한 당신과 나
　　칠석날 만날까나

오작교 다리를 놓아
우리 사랑 이루리
- 시조 「칠월칠석날에」 전문

 아름다운 시조를 쓰려면 시의 운율을 제대로 살려야 한
다. 시조를 다 쓰고 나면 시조를 소리 내어 읽어야 한다.
자연스럽지 못하고 막히는 부분이 있다면 운율에 문제가
있는 것이다.

꿈꾸듯 그대 향한
마음은 늘 그리움

꽃 보듯 설렘 가득
눈 감고 그려보는

그대의 고운 얼굴이
눈에 아른거려요
- 시조 「꿈꾸듯이」 전문

 입에서 나온 말은 단지 귀를 즐겁게 하지만, 가슴에서 나
온 글은 사람들의 가슴을 울린다. 생활에서 나온 진실한
글은 손발을 움직이게 한다. 이종덕 시인은 수석 전문가이
자 사진 촬영에 일가견이 있는 시인이다.
 종자와시인박물관 교육관에 가면 수석 '행복대장군'이 있
다. 이종덕 시인이 기증한 수석이다. 시인은 웃는 얼굴의

수석을 발견하고 서리꽃을 생각하면서 고단한 삶의 무게를 위로하는 시조를 이렇게 썼다.

세월이 유수같이
빠르게 지나가고
서리꽃 하얗게 핀
흰머리 늘어가도
고단한 삶의 무게를
내려놓고 웃어요
– 시조 「웃으면서 살아요」 전문

시인은 삶 속에서 그리움을 찾고 웃음을 찾는다. 그리움과 웃음, 행복은 그가 꿈꾸는 사랑과 연결된다.

금번 상재된 첫 시조집에 가장 많이 등장하는 단어는 단연코 '꽃(129회)'이다. 그다음은 '사랑(32회)', '바람(23회)', '그리움(22회)', '행복(8회)', '웃음(7회)' 순이다.

문풍지 울어대는
매서운 바람 소리
시리고 아픈 계절
밤새워 뒤척이던
등 굽은 하얀 그리움
서리꽃을 피웠네
– 시조 「서리꽃」 전문

이종덕 시인의 시조에 등장하는 바람은 인간이 거스를 수 없는 자연의 힘을 상징하면서 세월의 무상함, 덧없음, 쓸쓸

함, 외로움, 변화, 자유, 생명력, 멀리 있는 임에 대한 그리움과 연결된다.

    차가운 겨울에만
    꽃으로 피는 동백
    그리움 차올라서
    붉어진 꽃봉오리
    함박눈 내리는 날에
    옷고름을 풀었네

    동백꽃 피는 사연
    애틋한 그 사랑을
    가슴에 묻어두고
    임 향한 그리움에
    남몰래 피우는 순정
    붉게 붉게 물드네
    – 시조 「동백꽃」 전문

 아울러 우리가 크게 주목할 것은 '꽃'에 대한 이미지다. 꽃은 전통적으로 여성의 아름다움, 모성, 생명의 잉태를 상징하기도 하나 이종덕 시인의 시조에서는 사랑과 그리움과 연결된다. 바로 사랑의 꽃이고 그리움의 꽃은 기다림 속에선 인고의 삶 속에서 피어난 행복의 꽃인 것이다.

    꽃 피는 그리움은
    휘영청 달이 되어

동산에 떠오르고
팥죽의 새알심에
어머니 정성이 가득
눈시울이 붉어라
- 시조 「동짓날」 전문

　꽃은 사랑하는 대상으로 비유하거나 피고 지는 과정에서
사랑의 시작과 끝, 만남과 이별을 상징하기도 한다. 더욱이
꽃은 아름답지만, 짧은 생명력을 가지고 금세 시든다. 그래
서 인간의 삶, 젊음, 부귀영화의 덧없음을 드러내는 소재로
활용한다. 이종더 시인이 시에서는 추어의 꽃이요, 간사의
꽃이기도 하다.

멀리서 바라보다
꽃이 된 사랑이여
붉은 꽃잎 피우면
그대 마음 닿을까
지쳐서
멍든 그리움
피워놓은 꽃송이

기다린 긴긴날들
행여나 그대 올까
온 마음 나하여서
피우다 피우다가
떨구는

분분한 낙화
아름답게 물드네
– 시조 「동백꽃(2)」 전문

 특별히 꽃은 새로운 설렘의 시작, 희망, 생명의 순환을 뜻
하고 겨울을 이겨낸 후의 피어나는 꽃은 역경을 극복한 희
망으로 표현되기도 한다. 마침내 기다림에 피는 아름다운
사랑의 꽃이다.

봄바람 불어와요
꽃바람 불어와요
훈풍에 방긋 웃는
고운 꽃 보이나요
그대의
숨결 가득한
꽃향기 취하는 봄
– 시조 「설레는 봄」 전문

 봄바람은 꽃바람을 불러오고 훈풍은 고운 꽃을 피운다.
꽃향기가 취하는 봄은 설레는 봄이고 행복한 봄이다. 더불
어 매화, 국화꽃은 고난을 이겨내고 피어난 고결함과 희망
을 상징하기도 한다.

화르르 피어나는 홍매화 붉은 순정
그 어떤 시련에도 굴하지 아니하고

고결히 피어난 자태 눈부시게 고와라
    – 시조 「홍매화」 전문

천둥과 번개 속에 견뎌낸 시간만큼
내일을 약속하는 꽃송이 희망 국화
마음을 위로해 주는 향기로운 가을꽃
    – 시조 「국화꽃」 전문

 지금껏 이종덕 시인의 첫 시조집 『그리움이 꽃 필 때』
에 담긴 100편의 시조를 감상했다.
 결론적으로 말하면 '꽃'은 인간의 삶과 정서를 자연의 질
서 속에서 비추는 매개체 역할을 한다. 다시 말해 사랑과
그리움으로 연결되는 영원한 희망이자 행복의 향기를 전해
주는 '사랑꽃'이다. '그리움이 꽃 핀다'는 의미는 사랑이 꽃
피는 일이다. 기다림의 필요한 영원한 사랑이다.
 영원히 지지 않는 '사랑꽃'처럼 그리움이 꽃 필 때까지 사
랑의 씨앗이 계속해서 뿌려지길 소망한다.
 다시금 이종덕 시인의 계간 글벗 신인문학상 수상과 더불
어 첫 시조집 발간을 축하한다. 지속적으로 문운이 창대하
기를 소망한다.

■ 글벗시선 233 이종덕 첫 번째 시조집

그리움이 꽃 필 때

인 쇄 일 2025년 10월 25일
발 행 일 2025년 10월 25일
지 은 이 이 종 덕
펴 낸 이 한 주 희
편집주간 최 봉 희
펴 낸 곳 도서출판 글벗
출판등록 2007. 10. 29(제406-2007-100호)
주   소 경기도 연천군 연천읍 현문로 433-27
　　　　　　종자와시인박물관 내
홈페이지 https://cafe.daum.net/geulbutsarang
E- mail pajuhumanbook@hanmail.net
전화번호 010-2442-1466
팩   스 031-957-7319
가   격 15,000원
I S B N 978-89-6533-308-1 04810

* 잘못된 책은 바꿔 드립니다.